LE PASSEUR DE LAGUNES

Un récit de Christophe Dabitch
Dessin de Piero Macola

Futuropolis

Je remercie la barque d'Ambra et Giorgio - les parents de Piero - qui nous a menés bien loin dans les méandres de la lagune. Et qui dit la barque des parents de Piero dit Piero, à la barre, que je remercie pour son invitation à venir imaginer ensemble une histoire à Venise.

Merci à celles qui, d'une manière ou d'une autre, sont ici présentes : Saïda, Anna et Juliette.

Christophe Dabitch

Merci à Christophe, embarqué avec moi dans cette traversée.
À Sébastien Gnaedig et Didier Gonord.
À mes parents. À Massimo, Arianna, Manuele, Guillaume, Pauline, Luigi.
Merci à la Lagune, à Holt et à Lonesome Dove.

Ce livre est pour vous, Sophie et Elsa.

Piero

www.futuropolis.fr

Conception et réalisation graphique : Didier Gonord, pour Futuropolis.

Cet ouvrage a été imprimé en juillet 2023 sur du papier Magno Natural de 140 g.
Imprimé et relié chez Pollina, Zone industrielle de Chasnais, 85407 Luçon cedex, France - N°46692
Dépôt légal : septembre 2023
ISBN : 978-2-7548-2629-7
N° d'édition : 343575
F00141

L'ORGANISATION CONTRÔLAIT
MAINTENANT VENISE.
CE N'EST PAS QUE LES
CHOSES AVAIENT CHANGÉ,
ELLES S'ÉTAIENT JUSTE
ACCENTUÉES.

REGARDE LA COULEUR, PAOLO.

LE CLAIR, C'EST LE SABLE.

TU PEUX Y MARCHER.

ÉVITE LA VASE.

FAIS COMME JE TE DIS.
TU NE T'ENFONCERAS PAS.

JE VAIS T'APPRENDRE TOUS LES CANAUX, TOUS LES PASSAGES.

TOUTES LES ÎLES.

LA LAGUNE EST PLEINE DE PIÈGES.

LES VÉNITIENS ONT OUBLIÉ.
PAS MOI.
PAOLO, TU M'ÉCOUTES ?
TU DOIS CONNAÎTRE LA LAGUNE PAR CŒUR.

TU VENAIS À LA PÊCHE AVANT, AVEC MAMAN ?
C'EST AVEC TOI LA PÊCHE.
ELLE...
CHUT PAOLO...
LE POISSON ÉCOUTE.

ÇA MORD !
VAS-Y, FERRE !

AVANCE.
STOP !
TOC
PAPA, ME LAISSE PAS LÀ.

COMPTE COMBIEN DE BATEAUX PASSENT. TU LES NOTES.
PAPA...
JE REVIENS AVANT LA SIRÈNE.

POLIZIA
P Ô
Ô Ô Ô Ô Ô
P Ô Ô Ô
Ô Ô Ô

P Ô Ô Ô Ô
P Ô Ô Ô Ô Ô Ô Ô
P Ô Ô
Ô Ô Ô Ô Ô Ô

ô ô ô ô ô ô ô
ô ô ô ô ô ô ô ô ô
PAPA !
PAPA ?

TU ES LÀ ?
...GABRIELE VACCARI, LAISSEZ UN MESSAGE... B I I I I I P.
PAPA, C'EST MOI. TU DEVAIS RENTRER. J'ESPÈRE QUE TOUT VA BIEN.
RAPPELLE-MOI.

TRRRRR
HEY, TOI !
DONNE QUELQUE CHOSE !

SALUT.
SALUT PAOLO.
T'AS PAS VU MON PÈRE ?
J'AIMERAIS BIEN.
J'EN AI MARRE DE BOSSER TOUT SEUL.
IL M'AVAIT DIT TROIS JOURS.
LE POUSSIN CHERCHE SON PAPA ?
TA GUEULE, TOI !
HA HA HA
L'ÉCOUTE PAS.
PRENDS ÇA. DIS-LUI QUE JE L'ATTENDS, QUAND TU LE TROUVES.
VA FALLOIR GRANDIR, PETIT.

TU DOIS FAIRE CE QUE JE TE DIS !
POUR QUI TU TE PRENDS SHAZA ?! TU VEUX DEVENIR UNE ESCLAVE COMME LES AUTRES ?
T'AS DE LA CHANCE D'ÊTRE ICI !
LAVANDERIA
DLIN
AHMAD !
DLIN
ON T'ENTEND DEPUIS LA RUE !

ELLE M'ÉNERVE ! ELLE EST TOUJOURS EN RETARD.
FAUT QU'ELLE M'ÉCOUTE !
ELLE A PAS ENCORE SON PERMIS, ELLE DOIT BOSSER.
MON PÈRE EST PAS REVENU.
AH.
IL DEVAIT, CETTE NUIT.
MMM

ET S'IL AVAIT UNE GONZESSE ?
ÇA FAIT LONGTEMPS QU'IL EST SEUL... C'EST ENCORE DE SON ÂGE, NON ?
AHMAD !
QUOI ? JE SAIS PAS, MOI... PEUT-ÊTRE QU'IL TE DIT PAS TOUT.
BON.
J'AI COMPRIS.
ON VA PAS RIGOLER AUJOURD'HUI.
ALLEZ, T'INQUIÈTE.
IL A DÛ ÊTRE RETARDÉ.
VIENS, ON SORT. ON VA VOIR LUCA ET FAUSTO.

DLIN
chiuso
perto

À L'EAU !
T'ES CON AHMAD !
FEDERICO, S'IL TE PLAÎT.
POURQUOI TU VEUX CHANGER TON PRÉNOM ? Y'EN A PLEIN DES FEDERICO.
DES AHMAD AUSSI.

ON Y VA QUAND ?
DANS HUIT JOURS.
T'ES SÛR DES FOURNISSEURS ?
VOUS ME FAITES CONFIANCE OU PAS ?
LA ROSE C'EST UN TRUC NOUVEAU, ON VA EN VENDRE UN MAX !
ON DIT QU'ELLE EFFACE TOUS LES TRUCS NÉGATIFS DANS LA TÊTE, LES MAUVAIS SOUVENIRS.
OUBLIER... C'EST BIZARRE. C'EST DES CONNERIES PEUT-ÊTRE.
EN TOUT CAS, LES GENS ACHÈTENT. Y'EN A PLEIN QUI VEULENT EFFACER.
MON PÈRE DIT QUE SI ON VEUT OUBLIER, ON PEUT. C'EST LA VOLONTÉ.

IL EST DINGUE !

C'EST PAS POSSIBLE, EN PLEIN HIVER.
LE PREMIER BAIN.
ON FAIT TOUJOURS ÇA DANS MA FAMILLE.
VOUS ÊTES DES DURS, HEIN ?
ON VA AVOIR DU POGNON !
DU POGNON, DU POGNON...
ON VA BRASSER !
DU POGNON !

MOI, J'ÉTOUFFE ICI. JE VAIS ME TIRER. VENISE, ÇA PUE LA MORT ! Y'A PAS D'HORIZON.
ET TU VEUX ALLER OÙ ?
EN AFRIQUE.
T'ES MALADE !
LES AUTRES SE BARRENT DE LÀ-BAS ET TOI TU VEUX Y ALLER.
QUAND T'AURAS VU AILLEURS, TU REVIENDRAS.
C'EST PAREIL PARTOUT.
FAUT JUSTE AVOIR DU FRIC ET PRENDRE LES MEILLEURES PLACES.
JE VAIS MONTER UN BIZNESS AVEC LES TOURISTES ET M'EN METTRE PLEIN LES POCHES.
MOI, J'IRAI "AUX DEUX FOURNEAUX" AVEC UNE FILLE CLASSE. JE COMMANDERAI LES MEILLEURS PLATS, LE MEILLEUR VIN ET C'EST TOUT !
ET LE JOUR APRÈS ?
J'IRAI "CHEZ FIORE" !
FAUSTO MERDE, TU PENSES QU'À BOUFFER !

ET TOI, PAOLO ?
PAS RÉFLÉCHI À ÇA.
TIENS, RÉFLÉCHIS.
EN FAIT SI...
JE SAIS.
JE RACHÈTERAI TOUTES LES BLANCHISSERIES DE LA VILLE.
ET JE VIRERAI LES PATRONS QUI EXPLOITENT LEURS EMPLOYÉS.
LES GARS, JE L'AI PIQUÉ À MON PÈRE : UN VALPOLICELLA.
10 ANS D'ÂGE !

AHMAD! QU'EST-CE QUE TU FOUS ?!

NE PAS S'APPROCHER SURVEILLANCE ARMÉE

VOUS VOULEZ LA QUITTER OU PAS CETTE LAGUNE DE MERDE ?
WOOOO
WOOO
WOOO
ON FONCE, BORDEL !
WOOOO
ACCROCHEZ-VOUS !
AHMAD !

ARRÊTE-TOI !
C'ÉTAIT JUSTE POUR S'AMUSER QUOI.

VOUS AVEZ VU ?
QUOI ?
LA FILLE.
OÙ ÇA ?
SUR L'ÎLE, LÀ-BAS...
JE VOIS RIEN.

...GABRIELE VACCARI, LAISSEZ UN MESSAGE...
CASA DI RIPOSO
BONJOUR, C'EST POUR UNE VISITE.

SALUT PAPI.
ÇA VA ?
COMME EN PRISON.
ON VA VOIR L'EAU.
TON PÈRE N'EST PAS VENU. ON DIRAIT QU'IL A HONTE DE M'AVOIR MIS LÀ.
JE SAIS PAS OÙ IL EST DEPUIS LA SEMAINE DERNIÈRE.
DANS QUOI IL S'EST ENCORE FOUTU ?
PERSONNE SAIT.

TU AS VU TOUS CES GRABATAIRES ?
JE NE LEUR ADRESSE PAS LA PAROLE. ON DIRAIT QU'ILS DÉGOULINENT.
JE NE PARLE QU'À UN SEUL.
ET IL EST SOURD !
PAPA AUSSI, IL PARLE PAS BEAUCOUP.
RIEN À VOIR.
IL M'A JAMAIS RIEN DIT SUR LA FAMILLE, C'EST TOUJOURS TOI.
TU ME RACONTES ?
ENCORE ?!
ÇA CHANGE LES IDÉES.

MMM...
TON ARRIÈRE-GRAND-PÈRE VENAIT DU SUD. UN PÊCHEUR, DUR ET HONNÊTE.
TON ARRIÈRE-GRAND-MÈRE, UNE FEMME MAGNIFIQUE. BRUNE, DES LONGS CHEVEUX. ELLE SENTAIT LA CANNELLE.
LES MAFIEUX NE LES LAISSAIENT PAS TRANQUILLES. ILS SONT VENUS À VENISE, COMME DES IMMIGRÉS. ET TU VOIS PAOLO, AUJOURD'HUI, LES PARASITES CONTRÔLENT TOUT ICI AUSSI.

PEUT-ÊTRE QU'ILS N'AURAIENT PAS DÛ PARTIR DE CHEZ EUX.
C'EST LUI QUI T'A APPRIS LA PÊCHE. ET TOI À PAPA.
IL A OUBLIÉ TOUT ÇA, TON PÈRE. IL S'EN FOUT.
C'EST PAS VRAI, ON PÊCHE ENSEMBLE DANS LA LAGUNE.
IL A D'AUTRES FRÉQUENTATIONS.

REGARDE LA DIGUE DU LIDO.
IL Y EN A DEUX AUTRES COMME ÇA, LA DIGUE DE MALAMOCCO ET CELLE DE CHIOGGIA.
AVANT LEUR CONSTRUCTION LA LAGUNE ÉTAIT OUVERTE. LA MER LAVAIT TOUT.
LES DIGUES, C'EST POUR NOUS PROTÉGER DE L'ACQUA ALTA.
C'EST CE QU'ILS ONT DIT À L'ÉPOQUE, MAIS ÇA A SERVI À AUTRE CHOSE.
QUAND ILS ONT FERMÉ LES FRONTIÈRES, LES DIGUES SONT DEVENUES DES MURS.

IL N'EN RESTE QU'UNE DE MOBILE, MALAMOCCO.
ET PERSONNE NE RENTRE OU NE SORT DE VENISE SANS AUTORISATION.

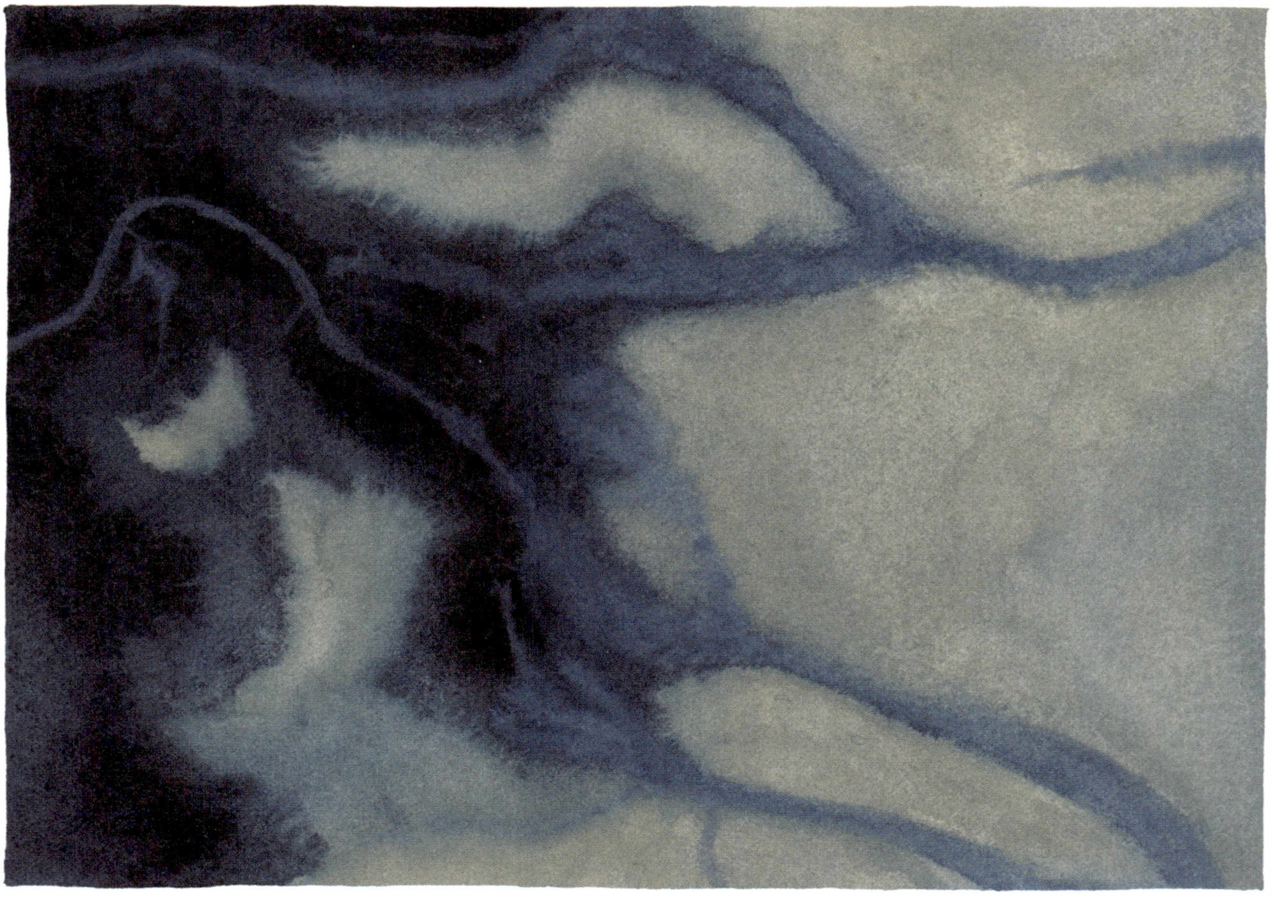

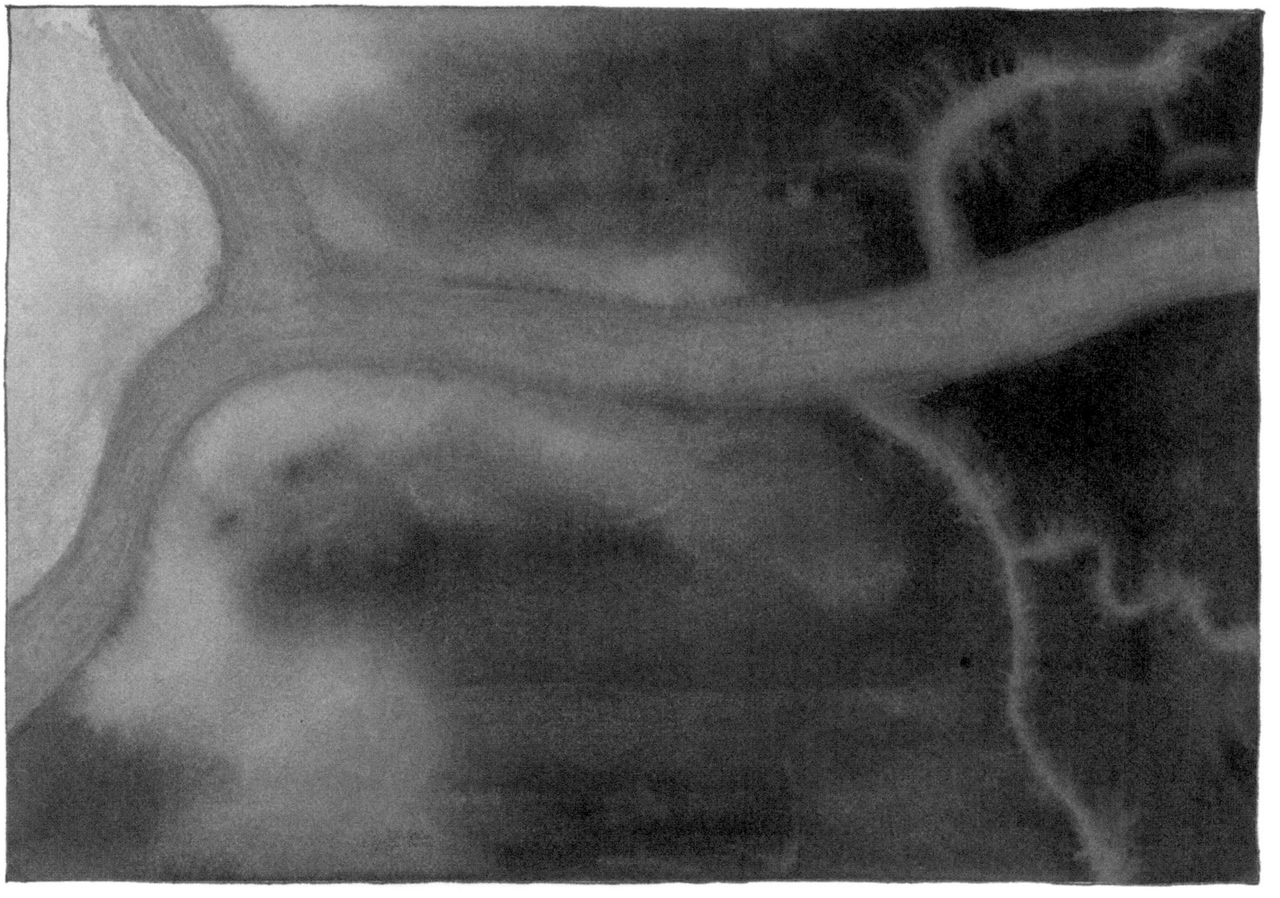

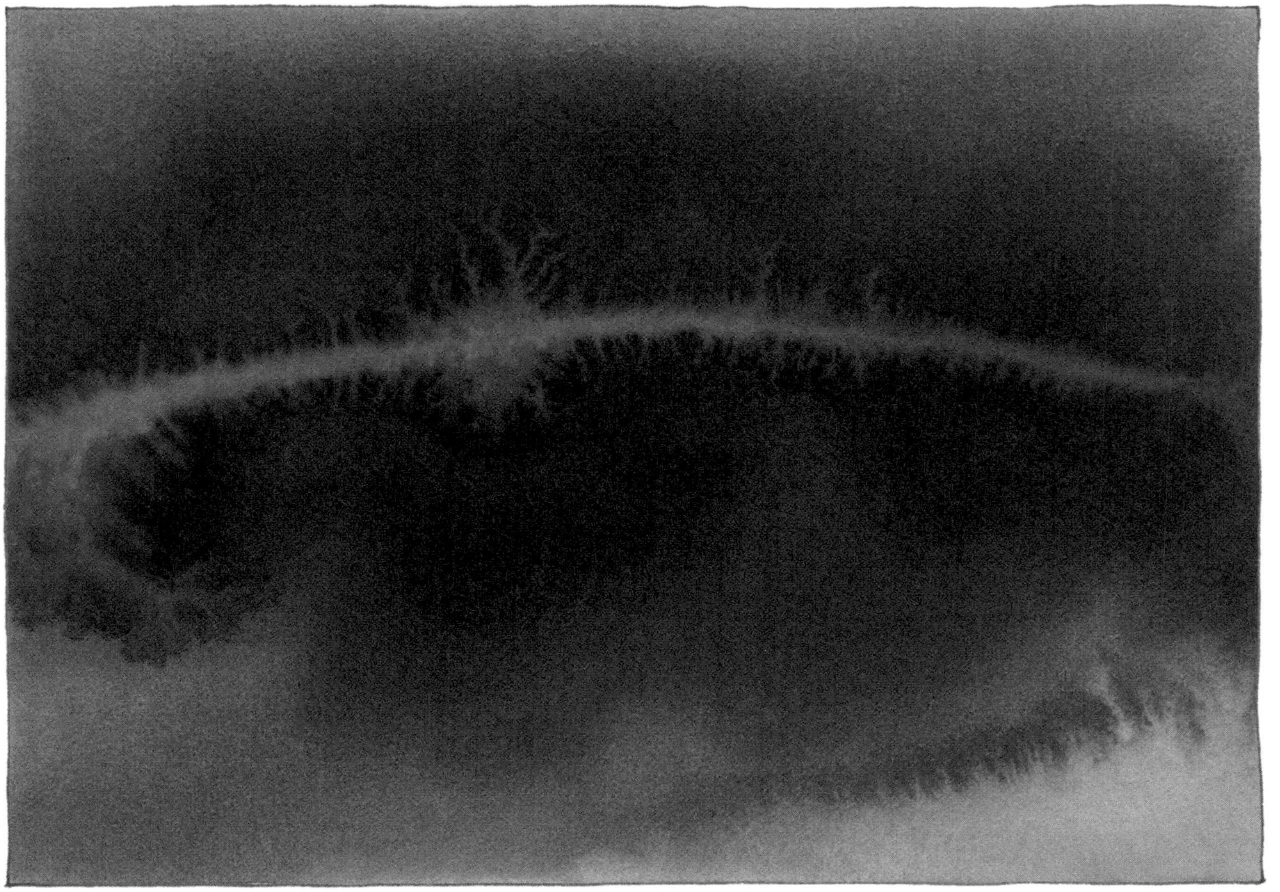

OUAAA !
À NOUS LA ROSE !
ANTENATO

PAF

PADOVA
FAITES GAFFE, BORDEL !
AIDEZ-MOI.

TOUT AU FOND, HUIT SACHETS.
JE TROUVE RIEN.
SI, JE LES AI CACHÉS SOUS LES CAILLOUX.
ARRÊTE TES CONNERIES, PAOLO.
POUSSE-TOI !
ATTENDS, Y'A QUELQUE CHOSE.

UN SEUL !
C'EST QUOI CETTE HISTOIRE ?
POURQUOI ON NOUS A TOUT VOLÉ, SAUF UN SACHET ?
QU'EST-CE QU'ON RISQUE MAINTENANT, AHMAD ?
LES FOURNISSEURS NOUS CONNAISSENT TOUS ?
TU VEUX DIRE QUOI, LUCA ?
QUE JE DOIS ME DÉBROUILLER SEUL AVEC EUX ?

PUTAIN, C'EST LA MERDE.
ON VA VENDRE LES PILULES QUI RESTENT.
REMBOURSER UNE PARTIE. DEMANDER DU TEMPS À L'ORGANISATION.
IL FAUT QUE TU M'AIDES, PAOLO.
LE VIEUX SUR L'ÉPAVE.
IL EST TOUJOURS LÀ.
IL A VU QUELQUE CHOSE PEUT-ÊTRE.

IL PEUT FAIRE DES VAGUES CE CON.
L'ANCÊTRE NE BOUGE PAS !
BONJOUR LES GARÇONS.
VOUS VOULEZ UN BOUT ?

MOI ÇA VA, MERCI.
MONSIEUR...
VOUS SAVEZ DE QUAND IL DATE CE CHALUTIER ?
1954.
UN MORCEAU D'HISTOIRE.
IL NE PEUT PLUS NAVIGUER.
QUAND JE L'AI ACHETÉ, IL AVAIT UNE BRÈCHE ET 60 TROUS DE VERS DU BOIS.
IL FAUT LE CALFATER TOUS LES JOURS.
VOUS POURRIEZ M'AIDER.
MONSIEUR, ON AVAIT LAISSÉ QUELQUE CHOSE D'IMPORTANT SUR POVEGLIA. DANS LE BÂTIMENT ABANDONNÉ. ON NOUS L'A VOLÉ.
JE NE M'OCCUPE PLUS DES AFFAIRES DES AUTRES.
IL N'Y A RIEN À EN TIRER.

AVANT, L'ÎLE DE POVEGLIA ÉTAIT UN VRAI JARDIN. J'Y VENAIS AVEC UNE FILLE. ON FAISAIT L'AMOUR SOUS LES ARBRES FRUITIERS.
ELLE M'APPELAIT MON TRÉSOR.
LA LAGUNE ÉTAIT VIVANTE.
MAINTENANT, C'EST UN PARC D'ATTRACTIONS POUR TOURISTES.

POVEGLIA, JE N'Y METS PLUS LES PIEDS. JE LA REGARDE D'ICI.
ON NE ME BOUGERA PAS DE L'ANCÊTRE.
JE SUIS... KOF!
KOF! KOF!
KOF! KRAH! KRRARKOF!
KOF.
JE SUIS LE GARDIEN DU PASSÉ.

QU'EST-CE QUE VOUS VOULEZ ?
JE SUIS AHMAD.
ON A RENDEZ-VOUS AVEC LE CHAUVE.
RESTEZ LÀ.
VENEZ.

TOUM
TOUM
TOUM
TOUM
AN DAN - MUSIC MUSIC DANCE
UM TOUM - DAN - DANCE DANCE MUS
AHMAD !
QU'EST-CE QUE TU NOUS AMÈNES ?
COMME ON AVAIT DIT.

BIEN.
CASSEZ-VOUS MAINTENANT.
ET L'ARGENT ? IL FAUT PAYER !
CRRRRR
PAYER ?
VOUS ACHETEZ, VOUS PAYEZ.
C'EST NORMAL.

IL EST MIGNON...
COMMENT IL S'APPELLE ?
HEIN ?
ME TOUCHE PAS !

C'EST BON,
C'EST BON...

LÂCHE-LE. IL A DU VENTRE. C'EST BIEN.

CONNARDS !
IL A PAYÉ. C'EST LE PRINCIPAL.
ON SE CASSE.
J'AI UN TRUC À FAIRE PRÈS DE LA GARE. JE VAIS RENTRER EN TRAIN.
VA FALLOIR NÉGOCIER MAINTENANT.
OUAIS.
BON, J'Y VAIS.
VRRRRR

AHMAD...
T'AS RIEN DIT AVEC LE CHAUVE.
T'AS PAS BOUGÉ.
J'AI PAS EU LE TEMPS.
T'AS GÉRÉ.

CONTRÔLE DES PERMIS.
SORTEZ VOS PAPIERS.

HEY, TOI !
VIENS ICI !
TU ES ÉTRANGER ?
GRRR
JE SUIS UN RÉGULIER.
COMMENT TU T'APPELLES ?
FEDERICO. J'AI MON PERMIS.
FAIS VOIR UN PEU.
WOF !
WOF !

C'EST JOLI FEDERICO POUR UN SYRIEN.
HÉ HÉ HÉ !
JE VIS À VENISE DEPUIS DIX ANS.
MAIS T'ES TOUJOURS UN ARABE !
HA ! HA ! HA !
HÉHÉ ! ÇA VA...
...FILE, RENTRE À LA MAISON...
WOF !
WOF !
...AHMAD.

STOMP

PAOLO !
COMMENT VA ?
SALUT BEPPE.
IL EST VENU, IL Y A UN MOIS À PEU PRÈS.
IL EST RESTÉ QUELQUES JOURS.
IL N'A PAS BOUGÉ DE LA CABANE.
IL T'A PARLÉ ?
TU LE CONNAIS, IL N'EST PAS TRÈS BAVARD.
ALLEZ, MONTE. JE DOIS VÉRIFIER LES NASSES.

ON VA TRIER LES CRABES.
TU CROIS QU'IL AVAIT DES SOUCIS ?
TON PÈRE ET MOI, ON A GRANDI DANS LA LAGUNE.
ELLE ÉTAIT NOTRE TERRAIN DE JEU, ET APRÈS NOTRE GAGNE-PAIN.
MAIS JE NE LA COMPRENDS PLUS, PAOLO. ÇA GROUILLE DE PROFITEURS.

QUELQU'UN DOIT SAVOIR OÙ LE CHERCHER.
FAIS ATTENTION. NE CROIS PAS TOUT CE QU'ON TE RACONTE.
DEMANDE-TOI TOUJOURS QUI TE PARLE ET POURQUOI.
J'AI BESOIN D'AIDE POUR LE TRAVAIL. TU POURRAIS RESTER.
C'EST TRISTE UN FILS QUI CHERCHE SON PÈRE.

TU SERAIS BIEN ICI, C'EST CALME.
MERCI BEPPE.
FAUT QUE JE LE RETROUVE.
VA VOIR DU CÔTÉ DU CHANTIER NAVAL.
TU CONNAIS DIMITRI ?

UN PETIT, AVEC DES LUNETTES RONDES.
OUI, JE CROIS.
DEMANDE-LUI POUR GABRIELE.
ILS TRAÎNENT SOUVENT ENSEMBLE.

PARDON.

DIMITRI !
JE SUIS LE FILS DE GABRIELE VACCARI.
BREEM
HEY, ATTENDEZ !
HEY !

BAM
BAM
BAM
BAN
BAM
BAM
QU'EST-CE QUI T'ARRIVE ?
ILS ONT ARRÊTÉ PLEIN D'ÉTRANGERS, L'AUTRE SOIR.
ILS LES ONT EMBARQUÉS DANS UN CAR.

JE ME SUIS FAIT CONTRÔLER AUSSI. ILS ONT BIEN RIGOLÉ.
SALOPARDS !
ILS M'ONT TRAITÉ COMME UN ARABE.
JE DOIS RENOUVELER MON PERMIS DANS QUATRE MOIS.
C'EST GRÂCE À TON PÈRE QUE J'AI TOUJOURS PU L'AVOIR.
SANS LUI...
TU CROIS QU'IL VA REVENIR ?

ÇA VA ALLER.
ON VA S'EN SORTIR TOUS LES DEUX.
TU SAIS L'ENDROIT OÙ ON ALLAIT FAIRE DES PLONGEONS, QUAND ON ÉTAIT GOSSES ?
LE CABANON À PÊCHE ?
SI VRAIMENT ÇA MERDE, TU ME RETROUVES LÀ-BAS.

QUELQU'UN EST VENU TE VOIR DEPUIS QU'IL A DISPARU ?
PERSONNE.
OÙ IL A ÉTÉ SE METTRE. BON DIEU !
TU AS ÉTÉ À LA POLICE ?
PAPA N'AIME PAS...
TU DEVRAIS Y ALLER.
QU'EST-CE QU'ILS FERAIENT DE MOI ? J'AI SEIZE ANS.
AIDE-MOI À ME RELEVER. J'AI ENVIE D'AIR.

C'EST UNE COCHONNERIE LE CORPS. QUAND ÇA LÂCHE...
DES FOIS JE ME RÉVEILLE ET JE NE SAIS PLUS OÙ JE SUIS.
JE ME DIS, TIENS, JE VAIS ME LEVER. MAIS JE N'Y ARRIVE PAS.
TON PÈRE DEVAIT M'AIDER, LE JOUR OÙ JE LUI DEMANDERAIS.
C'EST TOI QUI VAS LE FAIRE.
QUOI ?

JE NE VEUX PAS CREVER ICI.
JE SAIS OÙ ALLER.
PROMETS-LE-MOI.
CHERCHE DANS LES AFFAIRES DE TON PÈRE.
SI TU TROUVES UNE ARME, TU ME LA RAMÈNES.
COMMENT ÇA ?
UNE ARME ? MAIS PAPI, IL Y A PAS DE ÇA CHEZ NOUS.
CHERCHE.
MAIS PAPI...
JE COMPTE SUR TOI.

PAOLO...
D'ACCORD.
IL ME FAUT UNE BARQUE AUSSI.
JE VEUX QUITTER.
BIENTÔT.

PAPA !

AHMAD LEUR A DONNÉ L'ARGENT QU'ON A RÉCUPÉRÉ ?
PAS ENCORE. IL M'A DIT QU'IL DOIT LES VOIR BIENTÔT.
ON ARRIVERA JAMAIS À REMBOURSER LA CAME QU'ON S'EST FAIT PIQUER.
ÇA ME FOUT LA TROUILLE !
ARRÊTEZ ! ON TROUVERA UN MOYEN.
J'AI DEMANDÉ À MON ONCLE POUR LES TRAFIQUANTS DE ROSE.
T'ES FOU ? IL EST FLIC !

JUSTEMENT J'AI INVENTÉ UN TRUC.
QU'EST-CE QU'IL A DIT ?
PAS GRAND-CHOSE. IL VOULAIT PAS EN PARLER.
IL M'A FAIT JURER DE JAMAIS ME MÊLER À EUX.
C'EST LOUPÉ.
IL ÉTAIT BIZARRE.
IL DIT QUE LE DIABLE EST DANS LA LAGUNE.

Litorale del Lido
OLFO DI VENEZI

POM!

C'EST MES CAHIERS QUAND J'ÉTAIS GOSSE. JE LES AI RETROUVÉS DANS LES AFFAIRES DE MON PÈRE.
JE NOTAIS LES TRAJETS QU'ON FAISAIT ENSEMBLE, EN BARQUE.
IL T'A VRAIMENT APPRIS LA LAGUNE. TU LA CONNAIS MIEUX QUE PERSONNE.
IL METTAIT DES CROIX SUR LES POTEAUX. JE DEVAIS COMPTER LES BATEAUX QUI PASSAIENT.
JE VEUX TE MONTRER QUELQUE CHOSE. IL NOUS FAUDRA LA BARQUE.
IL ME DISAIT QUE C'ÉTAIT POUR REPÉRER LES COINS DE PÊCHE PLUS TRANQUILLES. MAIS C'EST DES CONNERIES.
JE VIENS TE CHERCHER CETTE NUIT À DEUX HEURES.
IL Y A AUSSI CETTE CARTE AVEC DES NOTES, DES CHIFFRES, DES FLÈCHES.
C'EST BIZARRE.

JE SAIS PAS À QUOI ÇA SERT.
AHMAD ?

QU'EST-CE QU'ON FOUT ICI ?
T'ES DEVENU MUET ?

POURQUOI TU ME MONTRES ÇA ?
T'AIMES PAS LES PASSEURS ?
C'EST PAS MES AFFAIRES.
ET MOI ? COMMENT JE SUIS VENU ?
LES FRONTIÈRES SONT FERMÉES. DES GENS VEULENT QUITTER LA MISÈRE POUR SURVIVRE.
LES PASSEURS LES FONT PASSER. C'EST TOUT.
ET APRÈS ILS DEVIENNENT DES ESCLAVES.

MOI JE SUIS PAS COMME EUX. C'EST TON PÈRE...
ÇA A RIEN À VOIR ! IL T'A TROUVÉ DANS LA RUE QUAND TU FAISAIS LA MANCHE.
TU SAIS QUOI DE TOUT ÇA ?
T'ES QUI POUR JUGER ?
JE VEUX JUSTE RIEN AVOIR À FAIRE AVEC LES PASSEURS.
TON PÈRE EN EST UN.

FALLAIT QUE JE TE LE DISE.
JE TE CROIS PAS !
TU MENS !
D'ACCORD. SI TU PRÉFÈRES.
ON Y VA.

POURQUOI IL EST PAS VENU AHMAD ?
JE L'AI PAS VU DEPUIS LA SEMAINE DERNIÈRE.

ET LES DEALERS ?
J'EN SAIS RIEN.
C'EST QUI LES DEUX, LÀ ?
ON BOUGE.
ON S'APPELLE PLUS TARD.

C'EST
VOUS, LES
JEUNES ?

JE SUIS SEUL.
JE NE VOIS PRESQUE PLUS RIEN.
MÊME POVEGLIA JE L'AI PERDUE.
JE CHERCHE MON PÈRE.
TU CHERCHES TOUJOURS QUELQUE CHOSE, TOI.
IL DOIT ÊTRE DANS LA LAGUNE. ÇA FAIT DES SEMAINES QUE JE VAIS D'UN BOUT À L'AUTRE.
AH.
JE CROIS QU'IL A BESOIN D'AIDE.

TU AS ÉTÉ SUR L'ÎLE DE LA MISÉRICORDE, VERS LE CANAL TRELERA ? IL Y A UNE COMMUNAUTÉ LÀ-BAS. ILS VEULENT RESTER À L'ÉCART.
ENTRE EUX.
KOF KROHF KROR
MONSIEUR...
KROOOF CRRA KRORF !
ÇA VA ?
JE PEUX FAIRE QUELQUE CHOSE ?
H H H...
PEUT-ÊTRE QUE TON PÈRE VEUT ÇA, LUI AUSSI.
ÊTRE À L'ÉCART.
AH ! AH !

AH! AH!
AH!
KOF
KROHF
KROF
KROOOF AH! AH!
KROORKOF!
VRRRRRRRRR
VRR-KRR-KR-K
--

MERDE !

C'EST UNE ÎLE PRIVÉE ICI, DÉGAGE !
JE SUIS TOMBÉ EN PANNE D'ESSENCE AVEC MA BARQUE.
GNIIII
TU VIENS D'OÙ ?
DE LA GIUDECCA.

QU'EST-CE QU'UN GAMIN DE LA GIUDECCA VIENT FAIRE CHEZ NOUS ?
ON M'A DIT QUE MON PÈRE POURRAIT ÊTRE SUR CETTE ÎLE.
J'AI UNE PHOTO DE LUI.
RANGE ÇA.
C'EST INTERDIT ICI.
RENTRONS.
WOF WOF
POURQUOI TU CHERCHES TON PÈRE ?
IL A DISPARU DEPUIS PLUS D'UN MOIS.
TOUT LE MONDE SE PERD À VENISE.

ET TA MÈRE ?
ELLE EST MORTE IL Y A LONGTEMPS.
TOUT EST POURRI DANS LA LAGUNE. LE SYSTÈME A FAIT NOTRE PERTE. LES POLITIQUES NE PEUVENT PLUS NOUS EN SORTIR.
ÇA NE NOUS CONCERNE PLUS CE QUI SE PASSE À L'EXTÉRIEUR. ON NE FAIT CONFIANCE À PERSONNE.
À LA MISÉRICORDE IL N'Y A PAS D'ARGENT. PAS DE CORRUPTION.
PAS DE PRÉDATION.
ON RESTE ENTRE NOUS. ON CONSTRUIT UN AUTRE MONDE.
TU COMPRENDS CE QU'ON TE DIT ?
JE SAIS PAS, MOI JE VEUX JUSTE RETROUVER MON PÈRE.
COMMENT IL S'APPELLE ?
GABRIELE.
GABRIELE VACCARI.

ET QU'EST-CE QUE TU VAS FAIRE QUAND TU L'AURAS RETROUVÉ. VIVRE COMME LUI ? FAIRE LES MÊMES ERREURS ?
MON PÈRE EST UN PÊCHEUR...
OUVRE LES YEUX ! TU NE VOIS PAS QUE LE MONDE S'EFFONDRE ?
LAISSE. IL ÉCOPE SA BARQUE QUI COULE AVEC UNE PETITE CUILLÈRE.
PARS. ON NE PEUT RIEN POUR TOI.
VOUS AVEZ PAS DE L'ESSENCE ?
NON.
JE TE RACCOMPAGNE.

ON EST OBLIGÉS D'ÊTRE DURS. ON SE PROTÈGE. TOUS CEUX QUI SONT LÀ ONT PERDU QUELQU'UN OU QUELQUE CHOSE.
VOUS SAVEZ VRAIMENT RIEN SUR MON PÈRE ?
IL Y A UNE FEMME DE LA GIUDECCA QUI S'EST RÉFUGIÉE ICI. MAIS ELLE EST REPARTIE.
ELLE VIT SEULE, DANS UNE MAISON SUR PILOTIS.
DANS LA LAGUNE SUD. PRÈS DU PORT DE SAINT-LÉONARD.
TOC TOC
PEUT-ÊTRE QU'ELLE SAIT DES CHOSES.
MADAME.
BAM BAM

TU ES OÙ ?
S'IL TE PLAÎT.
PAPA...

REVIENS.

PSS... HEY !
FAUT PAS QUE TU RESTES LÀ.
ON Y VA !
VIENS AVEC MOI !
NO. WHY ?
VENISE ! VENISE, TU COMPRENDS ?
NOT AFRAID ! VIENS.
VITE !
ALLEZ !
NO, NO ! PLEASE !

RESTE CACHÉ !
VENISE, OK ? T'ES LIBRE.
NO. NO...

PLEASE, GO BACK.
FAIS CHIER ! VAS-Y !

LAVANDERIA
SALUT SHAZA.
SALUT.
TU FAIS QUOI ?
C'EST L'ANNIVERSAIRE DE MA SŒUR, EN SYRIE.
C'EST MA PETITE SŒUR. ELLE EST BELLE, NON ?
MOINS QUE TOI.

ELLE ME MANQUE.
LAVANDERIA
AHMAD EST PAS LÀ ?
PAS ENCORE.
TON PAPA EST RENTRÉ ?
NON.
ET AHMAD, IL SAIT RIEN ?
POURQUOI TU DIS ÇA ?

IL DIT JAMAIS TOUT, LUI.
IL TE PROTÈGE.
C'EST TON PAPA QUI ME PROTÈGE. IL DOIT M'AVOIR LE PERMIS.
JE SAVAIS PAS.
SI JE L'AI PAS, JE VAIS FINIR ESCLAVE DANS LES ATELIERS. COMME LES AUTRES CLANDESTINS.
JE VAIS LE RETROUVER. IL FERA CE QU'IL A DIT.
JE TE LE PROMETS, SHAZA.
VOUS VOULEZ PAS UN PETIT CAFÉ AUSSI ?

JE TE PAIE PAS POUR FUMER !
AHMAD !
RENTRE !
ME TOUCHE PAS !
C'EST ÇA, VA BOSSER !
T'ES VRAIMENT CON AVEC ELLE.
T'AS FOUTU QUOI AVEC LE NOIR ?
JE CROYAIS QUE TU VOULAIS PAS Y TOUCHER.

COMMENT TU SAIS ?
ARRÊTE D'ÊTRE NAÏF !
L'ORGANISATION NOUS OBSERVE, PAOLO.
ELLE EST PARTOUT.
ILS TE CONNAISSENT.
LE NOIR, TU VOULAIS LE SAUVER ? ILS L'ONT RETROUVÉ.
ET ILS L'ONT CREVÉ.

HEY !
ATTENDS !

ARRÊTE-
TOI !

C'EST PAS
POUR LES
GAMINS ICI !

BONJOUR
MADAME.

JE M'APPELLE
PAOLO VACCARI.
JE VOUDRAIS
VOUS PARLER.

MONTE.

PEUT-ÊTRE QU'IL T'EMMENAIT EN BARQUE POUR PASSER DU TEMPS AVEC TOI.
C'ÉTAIT PAS ÇA.
IL TRAVAILLAIT POUR L'ORGANISATION DE LA LAGUNE.
ET ALORS ? QUI NE TRAVAILLE PAS POUR EUX ?
IL M'A MENTI. IL SE SERVAIT DE MOI.
JE LE CONNAIS BIEN TON PÈRE.

C'EST UN CLIENT. UN HABITUÉ.
VOUS L'AVEZ VU QUAND LA DERNIÈRE FOIS ?
ÇA FAIT DES SEMAINES.
GABRIELE M'A BEAUCOUP PARLÉ DE TOI.
IL T'AIME.
IL EST PARTI SANS RIEN ME DIRE.
NE LE JUGE PAS TROP VITE.

POURQUOI IL M'A LAISSÉ ?
PEUT-ÊTRE QU'IL FAUT QUE TU ARRÊTES DE LE CHERCHER.
ALLEZ, VA-T'EN MAINTENANT.
J'AI DE L'ARGENT.

JE VAIS METTRE DE L'ESSENCE. JE TE RETROUVE ICI.
DOUCEMENT, PAPI.
DONNE-MOI LE PISTOLET.
QUOI ? TU VEUX RÉCUPÉRER LA BARQUE ? C'EST ÇA QUI TE TRACASSE ?
JE M'EN FOUS DE LA BARQUE !
JE VEUX SAVOIR OÙ TU VAS !

LÀ OÙ JE VAIS, C'EST POUR LES VIEUX QUI SAVENT.
ALLEZ, DÉPÊCHE-TOI.
DONNE.

ET PAPA ?
C'EST À TOI DE GARDER NOTRE MÉMOIRE MAINTENANT.

C'EST CON, ON AURAIT PU LE REVENDRE.

POURQUOI TU VAS PAR LÀ ?
ON VA VOIR CEUX DE LA LAGUNE.
ILS SAVENT OÙ IL EST ?
REGARDE-LES, CES CONS DE TOURISTES ! ILS NOUS PRENNENT EN PHOTO.
DIS-MOI !
TU FAIS CHIER ! POURQUOI PERSONNE RÉPOND À MES QUESTIONS ?

J'AI ESSAYÉ.
QUOI ?
LA ROSE. J'EN AI PRIS.
ÇA MARCHE PAS. J'AI RIEN OUBLIÉ.
J'AI JAMAIS DIT QUE ÇA MARCHAIT.

POM!
12, ÇA SUFFIT POUR AUJOURD'HUI.
LUI, C'EST PRINCE.
ET VOILÀ DUC. MES DEUX GRANDS AMOURS.
RENIFLEZ-MOI LE NOUVEAU.

C'EST FOU CE QUE TU RESSEMBLES À TON PÈRE.
TIENS-MOI ÇA.
JE VAIS VOUS MONTRER LE TABLEAU DE CHASSE DE L'ANCIEN PROPRIO. UN ARISTOCRATE
10 MARS 1891 : 213 CANARDS. 25 NOVEMBRE 1900 : 262. AVRIL 1911 : 374...
IL EN A FLINGUÉ PLUS DE 50 000. MOI, J'EN SUIS LOIN.
IL Y EN AVAIT SÛREMENT PLUS À L'ÉPOQUE...

FAIS PAS TON FAYOT, FEDERICO.
IL NE FAUT JAMAIS HÉSITER AU MOMENT DE TIRER. VOILÀ LE SECRET.
QU'EST-CE QUE T'EN DIS, PAOLO ?
JE SUIS PLUS PÊCHEUR.
COMME GABRIELE.
FEDERICO, AMÈNE DUC À SON CABANON.
ON VA DISCUTER TOUS LES DEUX.
POSE LE FUSIL, JE REVIENS TOUT DE SUITE.

TU AIMES CES TABLEAUX ? ON EN FAIT UNE PRODUCTION INDUSTRIELLE, POUR LES TOURISTES.
ÇA SERT DE FAÇADE.
SORTONS SUR LA TERRASSE.
IL Y A UNE BELLE VUE SUR LA LAGUNE.

C'EST UNE GRANDE ENTREPRISE, VENISE.
ILS ONT FERMÉ LES FRONTIÈRES MAIS ILS ONT BESOIN DE BRAS POUR FAIRE TOURNER LA MACHINE.
ON FOURNIT TOUT CE QU'IL FAUT, EN RESTANT INVISIBLES.
MON PÈRE AMÈNE LES ESCLAVES POUR VOUS ?
TU PRÉFÈRES PEUT-ÊTRE QU'ILS CRÈVENT DANS LEURS PAYS DE MERDE ?
ÇA PIQUE CE TRUC !
ON S'Y HABITUE. ÇA TUE LES BESTIOLES.
TON PÈRE T'A APPRIS LA LAGUNE. LES GENS QUI LA CONNAISSENT SONT RARES.
J'AIMERAIS BEAUCOUP QUE TU TRAVAILLES AVEC NOUS.

POURQUOI JE FERAIS ÇA ?
COMME ÇA, ON OUBLIE LA DETTE DE LA ROSE.
J'AI BESOIN DE TOI POUR CONVOYER LES CHARGEMENTS DANS LA LAGUNE.
DISCRÈTEMENT.
IL FAUT CONNAÎTRE TOUS LES PASSAGES, TOUS LES CANAUX, TOUTES LES ÎLES.
TU GAGNERAIS FACILEMENT DE L'ARGENT. GABRIELE NE T'A PAS ÉLEVÉ EN VENDANT DES CRABES.
ET PUIS POUR SAVOIR POURQUOI ON FAIT UNE CHOSE, IL FAUT LA FAIRE.
ALORS ?
NON. JE VEUX PAS.

C'EST DOMMAGE.
AHMAD N'A PAS SU TE CONVAINCRE, OU IL N'A PAS VOULU.
OÙ EST MON PÈRE ?
IL N'EST PLUS AVEC NOUS.
ALLONS RETROUVER TON AMI.

À BIENTÔT AHMAD.
TU PASSERAS MON BONJOUR À LA PETITE SHAZA.
TON PÈRE, LUI, SAVAIT SE SALIR LES MAINS !
FAUT ÊTRE AU RAS DES TRIPES.
LE RESTE...
POURQUOI IL A PARLÉ DE SHAZA ?

J'AI PAS LES MOYENS DE REFUSER, MOI !
TU CROIS QU'ON PEUT LEUR DIRE NON ET IL SE PASSE RIEN ?
ILS VONT S'EN PRENDRE À SHAZA AUSSI !
MERDE.
C'EST LES TIENS QU'ILS PRENNENT COMME ESCLAVES.
T'ES UN TRAÎTRE.
MAIS J'EN AI RIEN À FOUTRE DES SYRIENS. JE SUIS PLUS COMME EUX.
ILS PEUVENT TOUS CREVER.
JE M'EN BATS LES COUILLES.
FAUT QUE T'ACCEPTES, PAOLO.
Y'A PAS QUE TOI DANS L'HISTOIRE.

GABRIELE ÉTAIT RESPECTÉ.
C'EST POUR ÇA QU'IL POUVAIT NOUS AIDER, MOI, SHAZA ET D'AUTRES.
C'EST FINI MAINTENANT.
TU LE RETROUVERAS PAS TON PÈRE.
IL EST MORT, C'EST ÇA ?
OUI.
VRRRRRR
IL FAISAIT FUIR DES CLANDESTINS LOIN DE LA LAGUNE.
JE SAIS PAS COMMENT.
L'ORGANISATION L'A DÉCOUVERT.
TU LE SAVAIS DEPUIS LE DÉBUT ?

JE DEVAIS TE RECRUTER.
TU CROIS QUE ÇA ME FAIT RIEN POUR GABRIELE ?
TU FAIS QUOI ?
LÈVE-TOI !
JE VAIS T'ÉCLATER TA SALE GUEULE D'ARABE.

AHMAD ?
AHMAD !

VA CHERCHER DES AFFAIRES.
VIENS CHEZ MOI.
FAUSTO ARRIVE AVEC SON ONCLE FLIC.
DIS-LUI POUR TON PÈRE. IL VA T'AIDER.
PAOLO...
QU'EST-CE QUI SE PASSE ?

CAMPO DEI GESUITI
PONTE DEI GESUITI
CARABINIERI
DEPUIS COMBIEN DE TEMPS IL A DISPARU ?
QUATRE MOIS.
POURQUOI TU N'ES PAS VENU PLUS TÔT ?
JE L'AI CHERCHÉ.
TOI ?
TOUT SEUL ?
MON PÈRE NOTAIT TOUT DANS SES CARNETS.
JE CROYAIS LA CONNAÎTRE, MAIS IL Y EN A PLUSIEURS.
DE QUOI ?
LAGUNES.

LES LAGUNES.
BON, ON VA REPRENDRE DEPUIS LE DÉBUT.
JE REVIENS, PAOLO.
JE LES CONNAIS MAINTENANT.
BIIIIP
UN BON CAFÉ DE LA MACHINE, ÇA VA TE FAIRE DU BIEN.

VE 8427
2
Sacca Fi
BAM
BAM
BAM
AHMAAD !
BAM
BAM
ALLÔ, SHAZA, C'EST MOI.

T'AS VU AHMAD? IL EST PAS CHEZ LUI. J'ARRIVE PAS À LE JOINDRE.
JE VAIS ESSAYER UN ENDROIT.
ON S'EST DIT QU'ON S'Y RETROUVERAIT SI ÇA MERDAIT.
SHAZA, ÉCOUTE-MOI. PARS DU PRESSING.
VA À L'ÉGLISE DU REDENTORE. LUCA TE REJOINDRA.
RESTE CHEZ LUI.
JE VOUS RAPPELLE.

VRRRRR
VRRRRR
RRRRRR
RRRRRR
RRRRR
RRR

MAAOOO...
IL EST MORT
LUI AUSSI ?
NON.
IL SENT
BON.
IL SENT
L'INNOCENCE.
BANDE
D'IGNARES.
PERSONNE
NE RESTE
INNOCENT.
SI !
ON PEUT
CHOISIR.

PAPI !
T'AS QUOI À LA TÊTE ?

CE N'EST RIEN.
ÇA VA PASSER.
MAIS NE T'APPROCHE PAS !
J'AI RETROUVÉ LES MIENS, PAOLO.
TOUS CEUX QUI ME MANQUAIENT.
PAPA EST ICI ?
OUI.
TU NE PEUX PAS LE VOIR.
LES MORTS RESSENTENT ENCORE PLUS LA HONTE ET LE REGRET. ILS NE PEUVENT RIEN RATTRAPER.

LA VIE DEMANDE D'OUBLIER, PAOLO.
J'Y ARRIVE PAS.
TU ES TOUJOURS AUSSI TÊTU.
TU NE DEVRAIS PAS ÊTRE LÀ.
PARS, MON GARÇON.
TU AS ENCORE PLEIN DE CHOSES À VIVRE.
MAIS PAS SUR CETTE ÎLE.
AILLEURS.

LUCA, C'EST MOI.
ILS ONT TUÉ AHMAD.
C'EST L'ORGANISATION.

NON. LA POLICE BOUGERA PAS.
C'EST À MOI DE LE FAIRE.
JE SAIS PAS.
RESTE AVEC SHAZA.
DIS-LUI DE PRÉPARER SES AFFAIRES.
DEMAIN MATIN, À L'ANCIEN CHANTIER.
SI JE SUIS PAS LÀ, IL FAUT QUE TU LA CACHES.

OUAH
OUAH
OUAH OUAH
GRRRR OUAH !
OUAH
OUAH
OUAH
OUAH
ALLEZ AU CHENIL !
OUAH
OOUUUUUHHH
QU'EST-CE QUI SE PASSE ?!

DUC !

C'EST QUOI CE... OÙ EST PRINCE ?
JE CROIS QU'IL A PAS SURVÉCU.
J'AI TROUVÉ ÇA.
ET VOUS AVEZ RIEN VU ?
QU'EST-CE QUE VOUS FOUTEZ ?!

TROUVEZ CES FILS DE PUTE ! VITE !

CHEF !
LE BATEAU !

IL AVAIT DIT HUIT HEURES.

JE SAIS QU'AHMAD ÉTAIT TON AMI.
J'AI PERDU TOUT LE MONDE
JE SUIS, DÉSOLÉE.
ON VA OÙ MAINTENANT ?
TOI AUSSI TU ES MENACÉE. ON DOIT QUITTER VENISE.

ON VA SORTIR PAR LA PORTE DE MALAMOCCO.
TU PEUX PAS FAIRE ÇA !

ON A PLUS LE CHOIX.
S'IL TE PLAÎT.
JE VEUX VIVRE MOI !
ILS VONT NOUS TIRER DESSUS !

TU SAIS COMMENT TON PÈRE FAISAIT FUIR DES CLANDESTINS ?
IL Y A DES PASSAGES DANS LA LAGUNE MAIS J'AI PAS TROUVÉ.
MON PÈRE AVAIT CACHÉ UNE CARTE ET DES CARNETS À LA MAISON.
ILS SONT DANS MON SAC.
IL LES A LAISSÉS POUR TOI.

IL M'A RIEN LAISSÉ DU TOUT.
C'EST MOI QUI AI FOUILLÉ.
T'ES EN COLÈRE, PAOLO.
JE T'AI JAMAIS TOUT RACONTÉ.
MA FAMILLE A FAIT DES SACRIFICES POUR PAYER MA TRAVERSÉE.
J'AVAIS TRÈS PEUR QUAND JE SUIS ARRIVÉE EN ITALIE. JE NE CONNAISSAIS PERSONNE. JE SAVAIS PAS COMMENT FAIRE.
MA MÈRE M'AVAIT DIT DE JAMAIS ME RETOURNER.

À VENISE C'EST TON PÈRE QUI M'A TENDU LA MAIN.
MONTRE-MOI, ON EST OÙ ? IL FAUT QU'ON TROUVE LE PASSAGE.
SKRRR
MERDE !
BOM
ÇA VA ?
QU'EST-CE QUE C'EST ?

C'EST MARÉE BASSE.
ON EST BLOQUÉS ?
ON DOIT ATTENDRE QUE L'EAU REVIENNE.

TU CROIS QU'ILS SONT DE L'ORGANISATION ?
NON, LUI JE LE CONNAIS. C'EST LE FILS DE GABRIELE.
QU'EST-CE QU'ILS FONT LÀ AVEC CE BATEAU ?
JE NE SAIS PAS.

COMMENT ON FAIT, DIMITRI ?
JE LES RÉVEILLE.
LAISSE LES DORMIR UN PEU. PEUT-ÊTRE QU'ILS FONT UN RÊVE AGRÉABLE.
POURQUOI VOUS M'AVEZ RIEN DIT QUAND JE VOUS AI VU AU CHANTIER NAVAL ?
C'ÉTAIT TROP DANGEREUX. ON AVAIT APPRIS QUE GABRIELE S'ÉTAIT FAIT AVOIR.
ON ÉTAIT EN TRAIN DE MONTER UNE OPÉRATION ENSEMBLE POUR FAIRE FUIR DES CLANDESTINS.

QUAND TU ES VENU, JE NE SAVAIS PAS S'IL AVAIT PARLÉ. IL AURAIT PU NOUS BALANCER.
IL N'A RIEN DIT.
IL TRAVAILLAIT AVEC L'ORGANISATION AUSSI.
TON PÈRE AVAIT UNE MAIN SALE ET UNE MAIN PROPRE.
JE VEUX ÊTRE AVEC VOUS.
NON.
NOUS AUTRES, ON EST DES VÉNITIENS ORDINAIRES. ON NE SE MÉFIE PAS DE NOUS.
PERSONNE NE SAIT CE QU'ON FAIT. TOI, ILS TE CONNAISSENT.
ELLE AUSSI.

ILS NE VOUS LÂCHERONT PLUS MAINTENANT.
VOUS ALLEZ SORTIR DE LA LAGUNE CE SOIR.
VENEZ, ON VA MANGER QUELQUE CHOSE.
POURQUOI VOUS AIDEZ DES CLANDESTINS ?
CHACUN A SES RAISONS.
MOI, C'EST PARCE QUE JE N'ARRIVE PLUS À DORMIR DEPUIS DES ANNÉES.

REGARDE LA COULEUR, PAOLO.
LE CLAIR, C'EST LE SABLE.

ÉVITE LA VASE.
FAIS COMME JE TE DIS. TU NE T'ENFONCERAS PAS.

PAOLO...
TE RETOURNE PAS.

ON EST PASSÉS.

De Christophe Dabitch

Aux Éditions Futuropolis

La Colonne, *2 tomes parus*
dessin de Nicolas Dumontheuil

Roi des Mapuches, *2 tomes parus*
dessin de Nicolas Dumontheuil

Le Captivé
dessin de Christian Durieux

La Ligne de fuite
dessin de Benjamin Flao

Mauvais garçons
dessin de Benjamin Flao

Mécaniques du fouet
dessin de Jorge Gonzalez

Être là, avec Amnesty international
avec un collectif de dessinatrices et dessinateurs

Jeronimus
dessin de Jean-Denis Pendanx
Prix Corderie royale – Hermione de la bande dessinée 2012.

Abdallahi
dessin de Jean-Denis Pendanx
Prix de la bande dessinée Les Rendez-vous de l'histoire - Château de Cheverny, Blois.

Immigrants
avec un collectif de dessinatrices et dessinateurs, et la participation de l'historien Gérard Noirel.

Le Jour où, France Info, 25 ans d'actualité(s)
collectif

Récits

Aux Éditions Signes et balises

Azimuth brutal

Aux Éditions Filigranes

L'adieu au fleuve
avec le photographe Christophe Goussard

Les autres, balade araméenne
avec le photographe Christophe Goussard

Aux Éditions Autrement

Voyages aux pays des Serbes
dessins de David Prudhomme

Aux Éditions Le Castor astral

Le Corps juste, Hamid Ben Mahi / Alain Bashung
avec Christophe Goussard

Aux Éditions BD Fugue / Kaliméro

Les Capucins, géographie du ventre
avec un collectif de dessinateurs et photographes

De Piero Macola

Aux Éditions Futuropolis

Les nuisibles

Le Tirailleur
en collaboration avec Alain Bujak

Kérosène
en collaboration avec Alain Bujak

Aux Éditions Atrabile

Dérives

Aux Éditions Vertige graphic

Aller simple